KB094534

여
중
생
A

5

여중생A

5

허5파6 지음

ㅂ1ㅇㅏㅂㅜㄱ
ViaBook Publisher

안녕하세요, 허5파6입니다.

『여중생A』를 웹툰으로 만나 이 책까지 함께해주신 분도, 이 책으로 처음 뵙게 된 분도 정말 정말 반갑습니다.

제가 『여중생A』를 통해 그리고 싶었던 주제는 '자존감'이었습니다. 사람의 자존감은 외부 요소에 의해 어떻게 변화되는가, 자존감이 한 사람의 인생에 얼마나 지대한 영향을 미칠 수 있는가에 대한 이야기였지요. 주인공이 처한 어려운 환경에서 억압되었던 자존감이, 승리의 기억을 그러모아 새로운 세계로 나아가는 용기가 되는 모습을 그리는 것이 만화의 목표였습니다.

그리고 또 하나, 약간 비밀스러운 바람은, 『여중생A』가 소녀들에게 많이 읽히면 어떨까, 하는 것이었습니다. 생각이 많은 청소년기의 소녀들은, 어려움에 처했을 때 자신의 잘못보다 더욱 자신을 질책하고, 근본적인 원인이 자신에게 있다며 스스로를 원망해요. 대부분의 경우 당신의 잘못이 아니라는 메시지를 보내고 싶었습니다.

『여중생A』의 배경이 되는, 2000년대 초·중반은 인터넷이 각 가정의 PC에 자리 잡고 인터넷 문화가 갓 생겨날 때였지요. 당시 키워드는 '엽기'로, 각종 수위 높은 게시물들이 제재 없이 마구 공유되었어요. 인터넷에서 일어나는 일을 현실 세계로 끌어오는 데 익숙한 사람들과 그렇지 않은 사람들이 섞여 여러 사건 사고가 일어났고요. 이 시절의 독특한 아이템이나 현상들이 아직도 강렬하게 기억에 남아 만화 곳곳에 넣고서 공감하는 분들이 있기를 은근하게 바랐는데 생각보다 즐거워해주시는 분들이 많아 저도 재미있었습니다.

연재 중인 만화가 단행본으로 빚어지면 제 마음 한편에 자부심이 됩니다. 책을 정성스레 만들어주신 비아북 출판사 식구분들과 책으로 다시 한 번 미래를 만나러 와주신 여러분들께 무한한 감사를 드립니다.

2017년 3월
허5파6

차례

일러두기

본문의 내용 중 게임상의 대화나 인터넷 용어는
작가의 의도를 살리기 위해 별도의 교정 없이
원문을 그대로 반영했습니다.

97화

009

이 글 다 진짜임
내가 ㅁㅁ중 다니는데
얘 맨날 다른 애 때리고
침 뱉었음 내가 봤음

└ 헐 미친X
└ 나도 봤음
└ 소문 쫙 났음 ㄷㄷㄷ

우리 학교
ㅁㅁ중 아닌데?

리플에선 뭘
맞장구치고 있는
거지?

김유리가
일진이긴 하지만,

애들 괴롭혔던
것도 아니고,

나를
구해주기까지
했다고.

일진이지만
착한…

'착한 일진'!

그때 괴롭히던 애가
내가 아니었다면
김유리는 말리지 않았을 거고,
그건 결국 가담 행위지.

학교에서도 일진 애들은 은연중에
아이들을 제압하려는 경우가 많았어.

아 쥔나
시끄럽네~

내가 직접적인 괴롭힘을 받지 않았다고 해서
일진을 '착하다'라고 할 수는 없는 거야.

98화

아니, 네가 그랬다는 게 아니라.

그럼 누구?

어…

그러게,

난 도대체 누가 벌을 준다고 생각했던 거지?

알 수 없는 일이다.

소설 말인데, 박혜진과 김예리를 화해시키려고 해.

너네 집 앞으로 가는 장면에서 끊었거든. 괜찮아?

맘대로~ 소설은 소설이고 나는 나야.

진짜네.

진짜 소설대로 찾아왔잖아?

야! 니 말 대로야.

박현진이 좀 나와보래!

진짜? 빨리 가봐.

유리야,
그만 울어~
언니 괜찮아.

김유리로부터 그날 밤 사건을
전해 듣게 된 나는
한동안 충격에 빠졌다.

내가
박현진을 움직일
수 있다고 생각
하다니…

바보 같은
생각이었어.

두 사람은 그 사건 이후로 서로를
없는 사람 취급하며 지내고 있다.

내 소설로 많은 사람들이
박현진과 김유리를 싫어하거나
좋아하게 되었다.

하지만 그 두 사람의 감정을
조율할 수는 없었다.

사냥꾼의 집이
무너졌어요!

쑥스러워서
앞으로 못 가는구나.

꼭 내 모습을
보는 것 같네…

그래서…,
앗! 안녕.

뒤쪽이라도
이야기를 듣는 데는
괜찮겠지.

이렇게~
이렇게~

개구리 풍선을
타고 하늘로~
…

아까 그 애네.

왜 그래?
쑥스러워서?

저 언니한테도
말해줄까?

난
언니가 좋아.

그래, 어차피 난
인기 많은 사람이
아니잖아.

무슨 책 읽을까?

한 명이라도 날 선택한
아이가 있다는 게 중요하지.

읽어보고
싶었던 책
있어?

『티라노사우루스
대탐험』!

미래야, 이거.
간식 먹으라고
주셨어.

나 정말
네 빵까지 먹어도 돼?
배 안 고프겠어?

응, 괜찮아.

탄수화물
줄이는
중이라서.

아, 고마워.

봐, 나도 이렇게 남들 다 할 때 안 해서 지금 뒤늦게 해야 할 일이 많잖아.

하지만 난 오늘 하나도 귀찮거나 싫지 않았어.

왜냐하면 이건 다 제자리를 찾아가는 과정이니까.

오늘 네가 같이 와준 것처럼… 우리가 제자리를 찾아가는 데 서로 힘이 되는 친구였으면 해…

쿡쿡

왜, 왜 웃냐! 나는 오래 생각하고 말한 건데…

싫음 마라!

그냥.

좋아서~

미래가 불쌍하다고?

나랑 안 어울려?

걔네는 아무것도 몰라.

그렇다고 내가 나서서 알려줄 필요도 없지.

그치?

?

101화

꼬옥

선생님!

저, ○○고에
지망해보려고
하는데요…

그곳은
성적 백분율이 40퍼센트
정도면 안정권인데…

남은 시험을 열심히
봐야겠구나.

네…
그래야겠어요.

미래야!

네?

혹시 문제집이
필요하면 선생님께
말해라.

해설서가
많겠지만…

네…,
감사합니다.

안녕! 그곳은 어때? 잘 지내?

응! 난 잘 지내. 적응도 잘 했고…

한국은 어때? 재희는 잘 지내?

현재희가 항상 당당하고 자신감 있다구? 전혀 아냐!

우리, 같은 현재희 이야기하는 거 맞아?

아, 현재희 말인데…

걔가 다른 사람 눈치를 얼마나 보는데!

네가 뭐 싫다고 했을 때 바로 바꾼 적 없어?

아, 그때…

짠~ New 재희!

※ 60화 참조

… 뭐야?!

그 모습은…

왜?! 왜 그래?! 나 이상해?!

갈아입고 올 거야!

그때 내 반응이 별로라서 바로 바꿔 입은 거였나?

난 쪽팔린 걸 알아서 바꿔 입은 줄…

걔가 그럴다니까!

102화

영화가 재미없으면 그걸 고른 나도 원망할 거잖아…

내가 다른 것보다 이해가 안 가는 건 그거야.

어떻게 그렇게 영화를 많이 봤으면서 자기 취향이 없냐는 거지.

…

네가 그래서 내가 영화 고르기가 더 어려웠던 거야.

다른 애들은 "남자가 왜 그렇게 우유부단하냐"면서 나한테 뭐라고 하지만,

넌 취향에 대해 이야기 하잖아.

휴… 아무튼 이왕 왔으니 아무거나 라도 보자구.

팜플렛이라도 보고 골라야 하나.

나 영화 내용은 다 알아.

영화를 본 후
우리는 한참 동안
그 영화의 구린 점에 대해
열변을 토했다.

솔직히 말하면,
좋은 영화의
좋은 점을 이야기하는 것보다
재미있었다.

그럼 오늘도 가서 소설 써?

아니, 기말까지는 공부한다고 말씀드렸어.

사실 오늘도 놀면 안 되는 날인데…

누구누구가 너무 휘둘리며 사는 건 아닌지 걱정이 돼서…

그런데 그게 아니라 인간관계에서 무지 노력을 하는,

그런 사람이구나 하고 알게 됐지, 뭐.

저, 작가님… 저 고해성사할 것이 두 가지 있습니다, 말씀드려도 될까요.

좋아요, 이야기해봐요.

하나는요, 공부만 하겠다고 해놓고 영화를 본 거고요…

둘은 그 영화가 분석에 도움이 되지도 않을 형편없는 영화였다는 거예요…

응?
도움이 안 되는
영화는 없어요.

형편없는 영화였다면
무엇 때문에 그랬는지,
그걸 분석하면 되죠.

그리고
영화를 보러 간
것도 괜찮아요.

어차피
손해 보는 건 내가
아니잖아요?

…!

저, 열심히
할 거예요!

그래요
그래요~

… 저 작가님,
저 요즘에 생각하고
있는 게 있는데요.

저도 나중에 크면
작가님처럼 살 수
있을까요?

이렇게 한 사람의
어른으로서, 따뜻한
집에서 자유롭게…
상상이 안 돼요.

미래 씨,
계약서 쓰고
고료도 받았죠?

그럼 벌써
발을 들인 거예요,
어른의 세계에.

자, 봐봐요.

좀 저렴한 쪽
지역으로 골라서
이게 월세고
이게 전세가..

고시원
이라는 곳도
있고요.

자유를 얼마에 살 수 있는지,
그런 건 어떤 어른도
가르쳐주지 않았기에

나는 금기를
엿본 것과 같은
충격에 빠졌다.

저, 당장 쓸래요!
하루 종일이라도 글을
쓸래요!

작가의 본분이란?

무엇이라고
했지요?

조심히 가요~

났오 니까…
바깥바람이
너무 차요.

그래요?

자고 가도
괜찮아요.

괜찮아요,
아침에 맞는 바람은
더 찰 거예요.

주머니에
웬 돈이지?

아, 엄마
심부름!

식용유
사오랬지.

엄마도 이 돈을 벌기 위해서
그렇게 늦게까지 일한 거겠지.

가만히 있는다고
누가 돈을 주지는
않으니까.

그런데도 아빠는 "왜 집구석에 돈이
이렇게 없냐"고 윽박을 지른다.

라 연

당연히,
가만히 있으니까
-돈이-안 생기지.

그동안 엄마는 억울하지 않았을까?
엄마의 돈을 엄마가 다 못 쓰는 거.

난 솔직히
조금 그럴 것
같은데.

엄마, 식용유랑, 딸기 사왔어.

딸기도? 잘했네.

딸기

그리고 거스름돈.

왜 이렇게 많이 남았어?

네 돈으로 딸기 샀구나, 네 돈은 아끼지.

가끔은 완벽한 가족 구성원에 대해 생각한다.

딸이 사와서 그런가, 맛있네.

내가 맛있는 걸로 잘 골랐지.

모든 구성원의 존재가 행복한 가정의 필수 조건일까?

이보다 더 완벽한 평화는 없는데…

비화 1

우리 학교의 두발 제한은 귀 밑 10센티.
그러나 머리를 묶으면 그 기준이
굉장히 느슨해진다.

왜 남의 머리
가지고 난리야!

유리가 머리를 기르고도
선도부에 걸리지 않는 방법.

일단 머리를
높게 묶는다.

이 부분의 뽕을
유의한다.

윗부분을 똥머리로
처리한다.

꼬랑지를
자연스럽게
내려준다.

머리 밑의 뽕을
좀 더 내준다.

아니면
아예 일찍 가든가,
아침 6시 정도?

부지런
하구나...

104화

네가 지각을 하다니, 이게 무슨 일이니…

장미래는 또 왜 네 명찰을 가지고 있고… 어떻게 된 거야.

설마… 네가 장미래 대신 벌선 건 아니지?

귀찮아, 설명하기.

왔어? 오늘 자리 바꾼대~

그래?

애들하고 가까운 자리면 좋겠다~

응?

우리 앞뒤로 앉네?

응, 너무 좋다~

자리 좀 바꿔줄래? 너 혜선이랑 친하지?

그래, 좋아.

뭐지?
이백합을
기억하네…

아니, 뭐…
현재희가 좀
사람들한테 관심이
많긴 하지만…

뭘
물어본다는
거지?

그 사람은
좀 달랐어
…

그러고 보면
그때 이백합도…

라고 하지
않았나?

보내는 메시지

뭐가
궁금한데?

보내는 메시지

걔 향수
어디 거 쓰는지
좀 물어봐줘
향 괜찮아서

향수?
이백합한테 나던
좋은 냄새가 향수
냄새였단 말야?

아니,
중학생인데 향수를
뿌린다고?!

105화

내 이름은 또 왜 장미래라서 이렇게 비교 당해야 해…

나도 내가 훨씬 떨어지는 거 아는데…

도대체 왜?!

변로 해졌잖아!

나 좀 봐.

이젠 내 앞에서 대놓고…!

나한테 왜 그래, 아침부터? 내가 뭐 잘못했어?

그런 거 아냐.

그럼 갑자기 왜 이렇게 태도가 바뀌는데?

아까 왜 말렸어?
지금이라도 아빠한테 가서
한마디할 거야!

안 돼!
아빠한테
대드는 거
아니야!

엄마는
아무것도 몰라!

엄마도 어차피
내 꿈에 관심
없잖아!

백합아,
아직은…

아직은
때가 아냐.

엄마는 백합이가
결혼을 안 해도,
글을 쓰고 싶다고 해도,
다 찬성이야.

하지만 불행하게
살게 하지는
않을 거야.

알겠니?
지금은 네가 가진 것들로
힘을 길러야 해.

아빠의 지원이
없을 때에도 글을
쓰려면 말야…

물론 엄마는
언제나 백합이
편이야, 알지?

내가 잘못
생각했어…

엄마만큼
날 생각해주는
사람은 없는데…

106화

엄마

여, 여보세요…

미래니?
엄마야…

엄마…

처음으로 아빠에게 소리를 지르고 도망을 나왔다.

추워.

잠바라도 가지고 나오는 건데…

어떻게 괴물에게 그럴 수 있었지?

나는 그동안 아빠가 괴물인 줄로만 알고 있었다.

그런데 아빠는 '그대, 행복, 사랑'이라는 말을 할 줄도 아는 사람이었다.

솔직히 아빠 그냥 괴물일 때가 나았어.

107화

어떻게 둘이
같은 집에서?

현재희랑
작가님이

아는
사이…?

뭐야, 둘이 벌써 아는 사이였어?

저랑 재희는 친남매예요,
이름도 비슷하고요.

네?
하지만 작가님
본명은 '진재현'
이잖아요?

아~ 그 책에서 쓴 이름은
필명이고요. 본명을
거꾸로 한 거예요.

본명은
'현재진'이에요.

누나가 평소에
작가란 거 알리기 싫어서
나도 말을 안 했어.

그런데 두 사람이
만났을 줄은 몰랐네.

그, 그렇군요…

놀라서
눈물이 쏙
들어갔네.

그래서…
무슨 일이 있었는지
말할 수 있겠어요?

…

나 때문에
얘기하기 좀 그래?
자리 피해줄까?

시간이 늦었잖아.

어디에
가 있으려고?

뭐, 길마네서
자도 되고.

나 원래
친구네서
많이 자.

오래 만났던 친구보다 덜 친한 사람에게
무거운 이야기를 꺼내기가 쉬울 때가 있다.

…

하지만 현재희는 친구잖아. 앞으로도 친구일 거고.

아냐, 이 자리에서 들어주면 좋겠어.

너만 괜찮다면…

나는 모든 것을 이야기하기로 마음먹었다.

사실 그동안 아…

아빠…

최대한 담담하게…

괜찮아요? 천천히 이야기해요.

뭐지? 왜 말하자마자

이, 이게 아닌데…?

'아빠'라는 단어에 무슨 주술이
걸려 있는 것만 같았다.

지금 나는
맹세코 슬프거나
서럽지 않은데…

그래서…
엄마랑…

그런데
오늘…

나는 말하는 내내 물개처럼 컹컹대며
그간의 이야기를 겨우 끝마쳤다.

쿨쩍!

현재희는
무슨 생각을
할까,

놀려대며
장난스러운
위로를 할까?

… 알 순 없지만
진지한 표정.

집은 나와야 할 것
같은데요, 어떻게
생각해요?

그건
아직…

사실은… 이제
예전처럼 아빠가
무섭지 않아요.

이상해요.
예전엔 무서웠는데…
이젠 화가 나요.

이제서야 화가
난다고?

미안…
나도 그렇게
따지듯이 말하는 게
아닌데…

옛날의 나를
보는 것 같아서…

옛날의 나?

내 얘기도… 해볼까?
괜찮다면…

으응…

고등학교 입학식에서
나에게 말을 걸었던
애가 있었어.

짜식
잘생겼다.

내 이름은
최성호, 너는?

현재희…

금방 걔와
친구가 됐지.

난 그 애가 좋았어.
걔 주변에는 항상
친구들이 많았거든.

야! 너 ○○중
○○○ 맞지?

어? 넌 ○○중
○○○!

얼마 안 가 그 애들이 질이 좋지 않은
무리라는 걸 알았지만

솔직히 그때는 별생각이 없었어.

이 좋은 걸 아직도 안 해봤다고? 완전 샌님이네~

그저 모든 것을 함께해야 할 것 같았고

만났던 모든 애들한테 잘해주고 싶었어.

여친 있어?

아니...

나한텐 다들 소중한 친구들이었으니까.

재희 인기 많네~

다 똑같은 놈들이 아냐, 서열이 있다고 서열. 알아?

그래? 그럼 만수는 서열 몇 위야?

나 요즘 걔한테 관심 있는데.

그렇게 하면 잘 지낼 수 있을 거라고 생각했는데...

오만수? 솔직히 그 새X는 봉이야, 그냥 물주 같은 거고.

혼자 있으면 그냥 X밥이지.

그럼 재희는? 새로 들어온 잘생긴 애 말야.

아~ 현재희? 그 기생오라비 같은 새X?

그게 뭐가 잘생긴 거냐? 여자들이 이렇게 보는 눈이 없어.

무슨 고민 있어?

성호는 왜 나에 대해 그런 말을 한 걸까.

내가 뭐 기분 상하게 한 게 있었나?

아~ 존X 배고프다!

성호야, 배고파? 내가 매점에서 빵 사다 줄까?

자, 여기! 네가 좋아하는 걸로 사왔어!

이 새X 봐라?

나는 내가 노력하는 만큼 관계가 좋아질 줄 알았어.

그래서 엄청 노력했지.

야, 너 현재희 옆에 붙어 있지 좀 마.

뭐?!

다리 굵기 어마어마하게 비교된다고~

아, 아니야. 소미야 너 예뻐.

히잉~

이 새X 착한 척 존X 하는 거 봐~! ㅋㅋㅋ

빠악

와하하

야 좀 심했다 ㅋㅋ

성호는 애들하고 같이 있을 땐 날 웃음거리로 만들어도

야, 아까 그거 장난인 거 알지?

으응.

둘이 있을 땐 잘해주고 친근하게 굴었어.

그래서…

난 내 노력이 통한 줄로만 알았는데…

108화

그런데 말야,
우리 부모님, 이혼했다?
아빠가 바람피웠거든.

그리고 누나는
바로 독립을 했고…

그래서 나는 집에 혼자 있던
시간이 많았어.

…

그때 나를 찾았던 사람은
그 애들밖에 없었어.

밤낮없이
불러주던 게
얼마나
고마웠다구.

115

애들이랑 노는 건 재밌지만 힘든 일이기도 했어.

최성호는 항상 자신의 힘을 과시하고 싶어 했거든.

내가 돈을 달라고 한 건 아니지만 어차피 저 애는 날 똑같은 놈이라고 생각하겠지.

그런 생각이 들 때마다 괴로웠어.

나는 모두에게 잘해주고 싶어 했잖아? 그건 반 애들한테도 똑같은데…

아 XX~! 졸라 빡치네~!

성호는 항상 교실 분위기에 찬물을 끼얹는 식이었어.

XXX야! 형님 왔는데 인사 안 하냐?

거리에서 당했던 애들은 내 얼굴을 잊을지도 몰라, 하지만…

왜 그런 말이 있잖아. 도움을 청할 때

거기 반바지 입은 분! 도와주세요!

이런 식으로 말하는 게 효과가 있다고…

그때 이승훈이 날 봤을 때 그런 느낌이었어.

가슴이 뜨끔해졌지.

아, 이승훈은

길마 본명이야.

….

… 뭐 해?

내가 어제 얼마 가져오라고 했어.

지금 우리 거지 취급 하냐?

이거 먹고 떨어지라고?

헉, 보람아 안녕.

뭘 그렇게 숨어서 보니?

그냥… 좀 걱정돼서.

걱정? 뭐가?

그냥… 승훈이도 우리 반이잖아.

너무 심한 것 같아서…

심해?

그게, 너무 심하게 하면 선생님한테 이를 수도 있고

뭐? 이른다고?

별걱정을 다 한다.

그러면 성호도 큰일이잖아?

재희, 넌 가끔 이상한 얘기를 하더라?

뭔가 다른 애들이랑은 좀 다른 것 같아.

다르다고…?

애들이 보기엔 나도 똑같은 일진일 텐데…

야! 최성호! 그만둬 인마!

이렇게 멋지게 말할 수 있다면…

뭐야?
왜 저러는데?

이제 와서
알았지만

나는 그때 이미 반 아이들과
내 친구들 사이에서 선택을
해버린 거였어.

아,
아무것도
아냐.

화장실
다녀올게~

나 마음 편하자고 한 짓이
승훈이한테는 모욕이었던 거지.

재희야
어디 갔다 왔어?

화장실…
갔다 왔는데?

121

123

안 돼…

난 아무것도 할 수 없을 거야…

나는 더 이상 내가 친구들 사이에서 무슨 말을 해야 할지도 모를 지경이었어.

이젠 반 친구들하고도 멀어져버린 것 같다…

괜히 엮이지 말자.

어? 재희네?

하지만 돌아가기에도 이미 늦었지.

응.

넌 성호 여자친구니까 알지?

성호가 도대체 왜 날 싫어하는 건지…

내가 뭐 잘못한 게 있었어?

그렇다고 혼자가 되기는 정말 싫었어, 그래서…

응? 글쎄…

현재희랑 보람이 아냐?

현재희 미친 거 아니냐? 성호 여친을 감히…

받은 메시지

보낸 사람 보람

재희야 여기 창고인데 성호가 엄청 화나서 막 바람피 웠냐고 그리고무섭

보람이가?! 나 때문에…!

성호 생일 ㅊㅋㅊㅋ해~!
우리 사랑 영원히 ^-^★

사진이 올라온 날짜는
내가 입원한 다음 날이었어.

탁

나 정말
괜찮다니까.

혼자 있고
싶기도 하고

미안해.
내가 있어줘야
하는데…

내가
애도 아니고
ㅋㅋ

그럼 누나
마감 빨리 하고
내일 다시 올게.

어디서부터 잘못된 걸까.

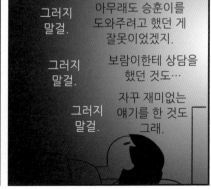

그러지
말걸.

그러지
말걸.

그러지
말걸.

아무래도 승훈이를
도와주려고 했던 게
잘못이었겠지.

보람이한테 상담을
했던 것도…

자꾸 재미없는
얘기를 한 것도
그래.

그냥… 나 자체가
잘못된 건가?

헉!

팟

눈을 뜨면
병원이 보이고

눈을 감으면
그때 그 창고에서의
일이 떠올라…

만약에 누나
친구 중에 재미없는
말만 하는 놈이
있어.

그럼, 그놈이
입만 열어도
싫겠지?

나는 정말로
내가 이렇게 된
이유를
알고 싶었어.

110화

이런 거…
어떻게 이렇게 잘 알고
계시는 거예요?

어른이 되면
알게 되나요?

재희가 그런 일을
당하고 나서…

꽤
충격이 컸거든요.
재희는 겉으론 전혀
그런 내색을 하지
않았으니까요.

아뇨, 예전에는
저도 몰랐어요.

그래서 재희와
정말 많은
이야기를 했어요.

재희의 외로움이
어디서 왔는지

어떻게 형성된 것인지
알고 싶었거든요.

재희는 부모님이 이혼한 이후부터
사람들이 자신을 떠날까봐
항상 불안했다고 하더군요.

누나!
인디 노래
많이 알지?

여자애들이
보통 뭐 좋아해?

그래서 그렇게 필사적으로
노력을 했던 거겠죠.

안타까운
일이지만,

사람의 성격은
유년기 때
굳어져버리는 게
아닐까요.

… 그럼 우리 엄마는 어떻게 하라고.

아니

어젠 아빠보고 죽으라고 하고,

내가 왜 이러지? 점점 사이코가 되어가나?

… 그럼 지금까지 아빠가 안 들어왔던 건 바람피우느라 그랬던 건가?

그리고 엄마는 아빠가 안 들어올 걸 알고 있었어…

그럼 작가님 말대로 엄마는 이미…

아…

어지러워.

3번 문제 답은 4번

4번은…

어때? 점수 잘 나왔어?

아니… 마지막날에 좀 망친 것 같아.

나 속이 안 좋아서 점심은 거를게.

다 아빠 때문이잖아!
마지막날만
망치지 않았어도…!

아니…

그동안 시험
대충 본 내 잘못도
있잖아.

이번 시험에서
다 만회하려던 게
무리였겠지…

지겨워…!

매 순간 매번
내 잘못을 찾아내고
자책하는 거!

언제까지 이렇게
스스로를 심판해야
하는 거지?

○○ 씨…
흐허엉…

미쓰
신~!

150

112화

네? 병실이 바뀌었다고요?

네… 그쪽으로…

엄마, 나야. 다른 데로 가는 거 알고 있어?

응, 오래 걸린다고. 알았어.

…

…

아버지께 하고 싶은 이야기가 있으면 해도 돼.

지금 다 듣고 계실 거야.

아…

…

괜찮아…

말하지 않아도 아버지가 네 마음은 충분히 알고 계실 거야.

지금 내 속마음을…

아빠가 알고 있다고?

157

많이 먹어.

어린애들이 참 기특하네.

얘! 네 딸이 학교생활 하나는 참 잘했다.

미래야.

전 이제 어떻게
되는 걸까요…

미래야.

많이 힘들지…?

제가 아빠를
죽인 거예요.

응?

그게
무슨 말이야

저는 요 며칠간
아버지를 저주했어요.

제발 없어져
달라고…

그 전까지는
한 번도 그래본 적이
없었는데…

미래야,
넌 똑똑하고 착한
아이니까 이미
알고 있겠지.

사람은 그런
일로 죽지 않아.

아버지는
사고를 당하신
거다.

선생님, 저는 똑똑하지도 않고 착하지도 않아요.

저는… 사이코패스일지도 몰라요.

… 왜 그런 생각을 했니?

오늘 선생님이 교실 문 앞에서 절 불렀을 때, 전 이런 상황이 오리란 걸 예상했어요

TV에서 많이 보던 그 장면이었거든요.

그때 그 순간 제가 무슨 생각을 했는지 누군가가 알게 된다면…

그리고 지금까지도… 전 누구에게도 이해받지 못할 패륜아가 되겠죠.

수십 년 동안 당했던 폭언과 폭행도 면죄부가 되지는 못할 거예요.

부모와 자식이란 건 그런 거잖아요.

161

113화

엄마는 무슨 생각 중일까?

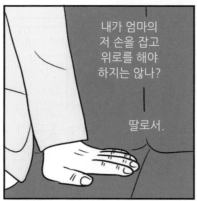

내가 엄마의
저 손을 잡고
위로를 해야
하지는 않나?

딸로서.

나는 엄마가 장례식장에서 한 번도
눈물을 보이지 않았음을 기억해냈다.

아내로서
그건
이상해 보이는
행동이다.

그래서 나도 위로를 하지
않기로 했다.

나도 이상한
딸이니까.

우리는 어둠 속에서 새벽을 지나
터널 밖에서 새어 나오는 빛을 보았다.

그 터널을 엄마와 내가
같은 차를 타고 지나왔다.

내가 사준 내복 입었네.

엄마, 장례식에 왔던 그 사람, 누구야?

언니라고 했던.

응, 엄마 친구.

같은 공장에서 일하고 있는 언니야.

그 언니가 너랑 네 친구들 칭찬 많이 하더라.

그거야 뭐… 선생님이 같이 가자고 한 거겠지.

네가 어른 되면 알 거야, 그 친구들이 얼마나 고마운 애들인지.

꼭 학교 가서 고맙다고 해.

알았어…

166

그래서 아이들이 열심히 하지 않을 거라는 얘기를 들을 때마다 기대했지만……

나도 걸을래~

솔깃

솔깃

우리도 걷자.

야, 그럼 우리 다 같이 경보로 가는 거다?

응!

그래.

나는 뛸 거야.

수행평가 점수 들어가니까.

한 바퀴도 못 가서 그 말은 지켜지지 않았지.

어?! 앞에 애가 뛰잖아.

그다음부터는 나 혼자서 남은 바퀴를 돌아야 했어.

그런데 그때 네가 남아 있었던 거야.

너도 뛰는 거 힘들어?

응? 아니.

우리 아까 약속했잖아.

다 같이 경보하기로.

마지막 한 바퀴를 나 혼자 달리고 있을 땐 솔직히 엄청 쓸쓸하고 울고 싶어져.

애들이 다 나만 기다리고 있는 것 같아서 눈치 보이고.

그런데 그날은 처음으로 혼자 들어오지 않았어.

괜찮아?

삐익

그때부터 나도 네가 좋았어.

넌 좋은 애야.

◇◇팬시점

뭘 그렇게 봐? 사려고?

응, 화장실에 두면 좋을 것 같아서.

칫솔 덮개 & 컵 세트 (20% 세일)

114화

고게 가끔은 오버하기도 했지만

이 시간에···
학교도
안 가고···

머리 꼴
좀 봐.

날라리···

내가 움츠러드는 것보단
오기를 부리는 게 낫잖아.

몸 아픈 건
병원에서 재활 치료
받으면 나아.

난 그런 치료보다
친구들을 다시 사귀는 게
더 오래 걸렸어.

솔직히 아직도
다시 학교생활을
하라고 하면 무서워.

그런 애들을
다시 또 만날까봐.
학교 안에서는
도망칠 수 없잖아.

179

비화 2

115화

뭐, 나도 상상은 여러 번 해봤지.

머릿속으로는 수백 번도 더…

그런데 막상 이렇게 마주치기만 하면…!

……

너 그거 알아? 지금 엄~청 언밸런스한 거.

치마도 짧은데 스타킹도 안 신고, 목도리는 꽁꽁 맸네?

아~ 알겠다!

혹시 스타킹을 못.산.거니~?

그럼 내가 미안하구~

185

그리고, 오늘 교실에 남아 있던 당번은 누구였지?

장미래… 아닌가?

지금은 없네?

나 먼저 교실 들어갈게.

양호실

응. 나는 두통약 받아서 들어갈게.

뭐야?

그런데 이번 교실 당번 장미래 맞지?

체육 시간에 백밥이 교재비가 없어졌대.

헐?

헐??

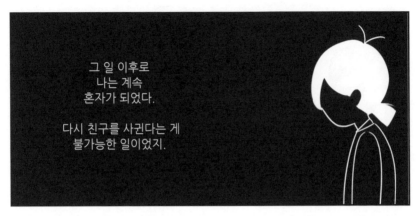

116화

그 일 이후로
나는 계속
혼자가 되었다.

다시 친구를 사귄다는 게
불가능한 일이었지.

야!
장미래!

내 말
안 들려?!

가방 가지고
앞으로 나오라고!

확인을
해봐야겠으니까!

쟤 엄청 떤다.

뭐 찔리는 거
있나?

...

유진이랑 같이 참가한 공모전에서 받은 원더링 월드 피규어…

197

117화

울면 지는 거라고
배웠는데…

애들이 내 말을 그렇게
들어줄 줄 몰랐어.
솔직하게 말한 게 통한 건가?

아니면…
예전하고 뭐가 달라진 걸까?

우리도 장미래
처음엔 이상한 앤 줄
알았잖아.

장노라은
장미래 왜 그렇게
싫어했던 거지?

맞아. 실제로
말해보니까
괜찮던데?

걔가
우리 00오빠
스티커
준 적도
있어!

왠지
자꾸 웃음이
새어 나오는걸.

누가 보면
이상하게 생각…

...

난 사과 안 할 거야!

니가 처음부터 행동을 확실히 했으면 나도 이 정도로 오해 하진 않았어!

너한테도 책임이 있는 거잖아!

...

네가 왜 나한테 사과하기 싫은 줄 알아?

그냥 내가 싫으니까, 나한테 지는 느낌 들어서겠지.

누구 말대로 현재의 장노란과 맞서 싸우지 않았다면

미래에 만나는 장노란 앞에서 내가 제대로 설 수 있을까?

뚜… 뚜… 뚜…

나… 사실은 너한테 그 말을 들은 후부터…

계속 마음속으로 싸울 준비를 했었어, 네가 없었다면 나는 아무것도…

무슨 소리야, 장미래.

오늘은 다 너 혼자서 해낸 거잖아.

내가 대신 싸워준 게 아니라구.

그래. 이건 나의 싸움, 나의 승리.

전리품은

앞으로의 전장에서 닳아 없어지지 않을 무기 하나.

118화

○○ 님이 근처래!
나 그분 만나러
갈게, 안녕!

?

그래…

있잖아,
하늘이 나 싫어하나?

엉?

하늘이… 그때
나 도둑으로 몰렸을 때,
모른 척하더라고…

그다음에도
없던 일처럼 굴길래
솔직히 충격
먹었거든.

지금도 나랑
남으니까 먼저
가버리고…

걔 아무 생각
없을걸?

그래,
하늘이 원래
그런 애야.

그치만
하늘이가 날…

너무 신경
쓰지 마.

215

220

…

내 바지…!

악!
피…!

야!
장미래!

뭐! 뭐!

나 피 나잖아!
어쩔 거야!

이건 안 보여?
이건?!

미래야.

그만해.

왜 나한테 그만하라고 해, 내가 뭘 얼마나 했다고! 내가 그동안 얼마나 시달렸는데?!

이백합, 네가 직접 말해봐!

우린 그동안 특별한 이야기를 나눴…

미래야, 정말로… 내가 실망하기 전에 그만해.

…

얘들아! 괜찮니?

제가 둘 다 잘 데려다 줄게요, 걱정하지 마세요 선생님.

그래, 무슨 일 있으면 바로 전화하렴.

…

난 사과 안 해.

그 소리 좀 들었다고
저렇게 울면 다야?

자기가 나한테 한 건
생각 안 하고…

그동안 날 그렇게
무시해놓고 이제 와서…

너도 나
무시했잖아.

이백합 앞이니까
괜히 억지 부리는
거지?

항상 그랬잖아,
너!

내가
널 어떻게
무시해!

226

너, 나 보이면 바로 숨고, 돌아서 가고. 그런 거 내가 모를 줄 알아?!

내가 무슨 말만 붙여도 민망할 만큼 정색했잖아!

그건 니가 먼저… 아니 그리고 그건 정색이 아니고…

나만 맨날 널 무시했다고?!

넌 그동안 나한테 그랬던 건 기억도 못하면서!

네가 그럴 때마다 나는 기분 안 더러웠을 것 같냐고!

저기 걔 있어, 다른 데로 돌아가자, 응?

눈 마주쳤어.

말 시키지 마라 제발…

… 내가 매번 장노란을 피해 다닌 거…

알고 있었구나 …

장노란 님, 들어오세요~

이백합…

너도 내가 장노란 무시하는 것처럼 보였어? 아니지?

글쎄… 무시는 아니어도,

피하고 꺼려하는 건 느껴졌어.

227

우리 이제
그만 만나자.

그동안 그렇게
많은 관계들 속에서

나를 좋아하나?
아닌가?
그럼 내 친구가
아냐.

다양한 유형의 사람들을
공략해왔다고 생각했는데…

이제 너 따위는
무섭지 않아.

내가 그동안 배웠어야 할 건
그런 공략 같은 게 아니라,
그저 아이들하고 잘 지내는
법이었는데…

오히려 애들한테
선을 긋고 계급을 나눈 건
나였던 거야.

230

120화

장노란, 오면 뭐라고 말할지 한번 볼까?

양심이 있으면 미안하다고 하겠지!

드르륵

...

...

그냥 가는데? 다친 거 보고도 할말이 없나봐.

뭐지? 하나도 안 미안한가.

이상하다.

비겁하게 소근거리지 말고 나와서 말해!

비겁?

234

우리 반 롤링페이퍼 **장미래** 친구에게

같은 고등학교 못 가게
돼서 아쉬워. 잘 지내고
계속 연락하자 ^^
　　　- 양선 -

연락해.
계속 같이 놀자
ㅡㅡ;;
- 유진 -

처음에는 친했는데
점점 못 놀았네.
고등학교 가서도
잘 지내.
　　- 태양 -

잘 지내. 누가
괴롭히면 말해.
- 유리 -

바보명충이~!
타다닥 (도망) (철퍽)
- 하늘 -

귀염둥이 장미래!
잘 지내라 ^-^
- 재민 -

미래야!
넌 국어를 잘해서 멋져~!
- ㅇㅇ -

1학기 때는 몰랐는데
2학기 땐 얘기 많이 해서
좋았어~
- ㅇㅇ -

끝에 친해져서 아쉽다!
고등학교 가서 잘 지내~!
- ㅇㅇ -

예전엔 몰랐는데
미래 너는 착한 애인 것
같아! 잘 지내~!
- ㅇㅇ -

요즘엔 말 많이 하고
잘 놀게 된 것 같아.
- ㅇㅇ -

넌 좋은 애인 것 같아.
- ㅇㅇ -

좋은 얘기 많네~
그래서 그렇게 자랑하고
싶었던 거야?

내 1학기
롤링페이퍼
볼래?

비교하려구
가져왔어.

봐봐! 이게 내
1학기 끝나고 받은
롤링페이퍼야!

조용한
아이인 것 같다.
- ㅇㅇ -

안녕 솔직히 널
잘 모르지만…
2학기 땐 잘 지내보자.
- ㅇㅇ -

2학기 때에는
얘기 많이 하자!
- ㅇㅇ -

안녕 너는 차분하고
얌전한 것 같아…
- ㅇㅇ -

그만 자~
- ㅇㅇ -

말 좀 해! ㅋㅋ

솔직히 널 잘 모르겠어…

애들은 이거 쓸 때
내 이름 처음 알았을걸?

그래서, 고등학교
배정은 어떻게 됐어?

에휴…

말도 마!

왜?

애들 중에 1지망
떨어진 사람은
나 혼자야!

심지어
김유리도
내가 가라고 한
학교 붙었는데!

저런…

121화

진짜 기대된다, 그치? 원더링 월드의 신작 게임이라니!

응! 게다가 3D 라잖아!

어떻게 만들어졌을까.

모험가님! 오랜만이에요!

비록 같은 제작진이 만든 게임은 아니지만…

그리웠는데…

같은 회사가 만든 게임이니까 분명 원더링 월드 느낌일 거야!

흠, 먼저 캐릭터를 만들어야겠지…

나는…

지금까지는 왜 여자 캐릭터를 안 했지? 새삼 의식하니까 이상하네…

달칵

뭐야? 여자는 궁수 옷 왜 이래.

누가 싸울 때 저러고 나가서 싸워…

246

뭐, 지금 와선 별거 아닌 얘기인데

우린 동지니까 특별히 말해주지.

이태양을 처음 만났을 때 말야.

그때 난 좀 샤이보이였고, 친구를 아직 사귀지 못할 때였어.

그런 나에게 이태양이 먼저 다가와줬지.

그런데, 내 꿈이 그거였거든! 이경민 같은 멋진 일진이 되는 거!

그래서 겨우 이경민하고 친해졌더니,

그 후로는 나를 엄청 쌩까는 거야! 그리고 그 후에는?

너한테 가서 관심 보이기 시작했지.

이태양은 내가 일진이 돼서 싫어진 게 아니야.

내가 친구 못 사귀는 찌질한 놈일 때만 관심 보이는 이상한 놈이라고.

우리 둘이 친구 생기니까 이젠 어디로 갔냐?

저 이상한 안경 쓴 애한테로 갔지.

253

외고 간 거 축하해. 네가 열심히 해서 합격한 거잖아.

응…

그럼, 갈까!

그래.

거기서도 잘 지내, 우린 학교에서 끝나는 인생이 아니니까… 알지?

알고 있어.

이제 이 교문을 나서면 이 학교에는 영영 발을 들이지 못하겠지.

한때는 그러기를 소망한 적도 있었는데…

이 마지막 걸음을 홀로 외로이 걷지 않게 해준 친구들.

그리고
사람은 반드시 다른 사람에게
영향을 끼치며 살아간다는 걸
알게 해준 사람들.

그런 고마운 사람들의 앞날에
순수한 축복이 깃들기를.

그리고 나도 언젠간 그런
'멋진 사람'이 되어 있기를.

— 끝 —

비화 3

에필로그

새로운 교복…

예뻐서
좋아.

그런데 왜…

욱.

왜
새 옷만 입으면
이렇게 구역질이
나지…

새로운 곳을
갈 때
새로운 옷을
입어서인가,

그럼 그
가는 곳이
문제인가…

아냐! 이 교복은
내가 중학교를 무사히
거쳐왔다는…

그런
퀘스트의
보상품인
거야!

261

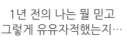

267

하이

어?

ㅇㅇ

다영이와 친한 다른 반 친구들이다.
같이 밥 먹게 되는 거구나.

친하게 지내야 해,
나를 마음에
안 들어하면 어쩌지?

아니, 싫으면 싫다고 하겠지.
그 전까진 싫은 게 아니야!

다른 사람 마음을 내가 다
알 수는 없는 거라구.

쟤 챙기려면
너 좀 귀찮겠다.

그래도
이거 하나만
알아두면 돼,

내가 뭘.

쟤가 하는 말 중에
반은 그냥 하는 말이니까
일일이 신경쓰지 마.

1개월 후

Zzz

너무
자잖아…

여기
뮤지컬 하는 애
있다며?

노래 한 번
해주면 수업 일찍
끝내주지~!

와
누구야?

그런 애가
있었어?

체육 시간 끝난 지가 언젠데 아직도 체육복이야!

저희두 교복 입고 싶어요.

그치만 살이 쪄서 안 맞는단 말이에요~

쌤은 우리 맘도 몰라주고~!

에휴 저 화상들.

히~

고등학교라는 공간은 대입 전쟁 속에서도 모두에게 은근한 느긋함과 여유로움이 있었다.

내 불어난 뱃살만큼이나…

현재희는 용케 원하던 대학에 들어갔고, 뭐가 그렇게 즐거운지 만나면 대학 얘기뿐이다.

이러니 송재민도 같은 과 간다고 난리지.

전 형님만 따르겠습니다!

나는 대학 진학을 포기했다.

취업을 위해 가는 곳이 대학이라면,

첫 소설 이후로 쉬지 않고 경력을 쌓아가고 있었으니까.

솔직히 수능 성적도 처참…

졸업 후부터는 몇 년간 알바와 글을 병행했다.

평생의 소원을 하루라도 빨리 이룰 생각으로 달렸기에,

남들과 다른 길을 간다는 불안함이 자리잡을 새가 없었다.

나는 계속 엄마와 살 수도 있었을 것이다.

하지만 유년 시절의 우울은 어쩔 수 없는 그을음으로 남았나보다.

나는 완벽한 자유의 형태가 이것이라고밖에는 생각할 수 없었다.

"장미래!"

송재민? 왜? 현재희 전화 안 받아?

"아니, 너 시간 있냐고. 이번 주에"

이번 주?

응, 우리 동창회 있잖아!

페X스북에는 다 돌렸는데, 넌 페X 안 하는 것 같아서.

동창회…!

2화

들어가자! 여기 서서 뭐해.

아, 아냐.

난 그냥 갈래.

선생님 뵙고 싶어서 온 거였거든.

오늘 김유리…

안 오겠지?

당연 못 오지.

걔 지금 완전 바쁘잖아.

걔네 쇼핑몰 이번에 대박 났던데?

너랑 친하던 애들은?

그 만화 좋아하던 애들 있잖아.

양선이랑 유진이는 바로 취업 했는데, 유진이는 진로 고민 중인가봐.

하늘이는 잘 모르겠네, SNS는 하던데.

야, 야. 저기 봐.

음…

그리고 또 궁금한 애가…

장미래.

아는 사람?!

너… 혹시.

이백합 맞지?

어떻게 알아본 거야?

이백합?!

아깝다, 머리 왜 잘랐대?

나랑 어디 좀 가자.

너 동창회 온 거 아니었어?

어차피 너 보러 온 거고.

…

왜… 왜 그렇게 보니?

278

아빠의 장례식 날
내가 묻고 선생님이 나에게 남겨주셨던
숙제가 있었다.

아직도 나는
남들 앞에서 말할 만한
정답을 찾지 못했다.

생각해보면 지금까지
모든 것을 놓기 직전에 날 멈추게 한
순간순간의 지점들이 있었다.

그 질문에 대한
답을 찾는 것 또한
그 순간의 연장이라고
생각된다.

그래도 선생님,
저는 선생님 같은
'멋진 어른'은
못 될 것
같아요.

그건
성인(聖人)
이거든요…

식 시작했어?

뭐야~
나보고는
늦지 말라고
하더니.

그렇게
재밌었어?

그런데 '그거'
진짜 할 건가?

뭐, 어차피
사진 찍을 때만 잠깐
한다고 하니까.

하긴, 그 커플이
워낙 '마이웨이'하는
커플이긴 하지.

웅…

그것보다 널 따라잡는 게 나한텐 더 급선무지.

빨리 독립해야 되는데, 누나한테도 미안하고…

넌 항상 날 앞질러 가더라, 널 보면 내가 많이 배우는 것 같아.

그래서, 브랜드 런칭은 언제야?

이제 곧.

현재희 벌써 사장 되는 거야? ㅋㅋ

아냐 ㅋㅋ 나는 그냥 형들 도와주는 거지 뭐, 모델까지 해서…

사람은 변하지 않는다.
어른이 되어도 힘겨운 일은 여전히 힘들고,
그럴 때는 습관처럼 해왔던
'죽고 싶다'라는 어두운 생각이 따라붙는다.

그러나 이제는
굳이 내 감정을 숨기지 않고 토해내 버린다.

"아, 죽을 만큼 힘드네!"

그러면 힘겨움이 덜어지진 않더라도
어둠은 걷어진다.

나는 죽지 않고 살아남아 얻는
행복과 즐거움, 사랑을
어린 날의 나에게 배워서 알고 있다.

그렇게 버텨서
지금의 행복을 알게 해준
'나'에게 미안하지 않도록,
나는 계속해서 살아갈 것이다.

나는 이제
행복한 삶을 꿈꾸는 것이
두렵지 않다.

여중생 A 5

지은이 | 허5파6

초판 1쇄 발행일 2017년 7월 3일
초판 5쇄 발행일 2022년 6월 22일

발행인 | 한상준
편집 | 김민정 · 강탁준 · 손지원 · 최정휴 · 정수림
마케팅 | 이상민 · 주영상
관리 | 양은진
표지 디자인 | 조경규
본문 디자인 | 김경희

발행처 | 비아북(ViaBook Publisher)
출판등록 | 제313-2007-218호.(2007년 11월 2일)
주소 | 서울시 마포구 월드컵북로 6길 97(연남동 567-40 2층)
전화 | 02-334-6123 전자우편 | crm@viabook.kr
홈페이지 | viabook.kr

ⓒ 허5파6, 2017
ISBN 979-11-86712-47-4 04810

• 이 책은 저작권법에 따라 보호받는 저작물이므로 무단 전재와 복제를 금합니다.
• 이 책의 전부 혹은 일부를 이용하려면 저작권자와 비아북의 동의를 받아야 합니다.
• 이 도서의 국립중앙도서관 출판시도서목록(CIP)은 e-CIP홈페이지(http://www.nl.go.kr/ecip)와
  국가자료공동목록시스템(http://www.nl.go.kr/kolisnet)에서 이용하실 수 있습니다.
  (CIP 제어번호 : CIP2017013497)
• 잘못된 책은 구입처에서 바꿔드립니다.
• 본문에 사용된 종이는 한국건설생활환경시험연구원에서 인증받은, 인체에 해가 되지 않는
  무형광 종이입니다. 동일 두께 대비 가벼워 편안한 독서 환경을 제공합니다.